AF385030

DOCUMENTS

POUR SERVIR

A L'HISTOIRE DE NOS MŒURS

Cette collection, publiée par Lo-
RÉDAN LARCHEY, est exclusivement
composée de documents originaux.

Il est mis en vente quatre cents
exemplaires de chaque publication.

Dernières Publications :

AUTOGRAPHES SÉRIEUX ET COMIQUES :

1ʳᵉ Série : *Les Gastronomes.* 1 fr.
2ᵉ Série : *Les Amoureux.* 1 fr. 50
3ᵉ Série : *Les Demandeurs,* 1 fr.

MÉMOIRES DU JARDINIER LOUETTE
1 fr.

COMPTES D'UN BUDGET PARISIEN. 1 fr.

NOTES D'UN AGENT. 1 fr.

TRIBULATIONS D'UNE MUSE ACADÉMIQUE
1 fr.

IMPRIMÉ EN OCTOBRE 1871

PAR ÉMILE VOITELAIN ET Cie.

DOCUMENTS

POUR SERVIR A L'HISTOIRE DE NOS MŒURS

LES GRANDS JOURS

DU

PETIT LAZARI

Par un de ses artistes

AVEC UNE PIÈCE INÉDITE

A LA LIBRAIRIE

FRÉDÉRIC HENRY, AU PALAIS-ROYAL

GALERIE D'ORLÉANS, 12

L'auteur de cette monographie fantaisiste n'est autre que le petit, gros et joyeux Marquet que se rappelleront bien les anciens habitués des Folies-Dramatiques.

A la démolition du boulevard du Temple, Marquet avait conçu le projet d'écrire l'histoire des scènes secondaires que M. Haussmann faisait disparaître.

Mais les besoins et les travaux de chaque jour ne lui en laissèrent pas le loisir. Les matériaux amassés restèrent inexploités, et de l'histoire des petits théâtres il ne termina que celle du Lazari.

Chose rare dans le milieu où il se trouvait placé, Marquet avait reçu une bonne éducation. Des revers de fortune le forcèrent à entrer dans le commerce, pour lequel il ne se sentait aucun goût. Commis en soieries, il s'occupait moins de placer le gros de Naples que de jouer la comédie de société. La vocation du théâtre fut bientôt la plus forte ; et malgré l'exiguïté de sa taille, qui lui créait un éternel désavantage, il se crut le plus heureux des mortels quand il fut entré aux Délassements-Comiques.

Constamment relégué aux plans inférieurs, accablé de mauvais rôles dans de mauvaises pièces, il persistait cependant, attendant toujours, pour mieux se faire connaître, une occasion qui n'est pas venue.

Vers les dernières années seulement de ses campagnes théâtrales, il s'était presque résigné aux injustices du sort, et, finissant par où il eût dû commencer, il se mit, au lieu de jouer les pièces des autres, à en faire lui-même. C'était là sa vraie voie.

Il quitta même tout exprès les Folies-Dramatiques. Déjà pendant sa carrière d'acteur il avait à diverses reprises écrit pour le théâtre. C'est de cette époque que date, entre autres, PAQUETTE ET GRIVET, *joué par toute la France.*

Devenu plus libre, il fit paraître, sans parler des pièces jouées et non imprimées, et elles sont, hélas! trop nombreuses, trois grands drames : LES MYSTÈRES DE LA CITÉ, JEANNE LA MAUDITE, LA FAMILLE ROUSSEL; *des opérettes :* L'AMOUR ET SON CARQUOIS, *jouée à l'Athénée;* L'ÉCAILLÈRE AFRICAINE, *à Cluny;* LE SIRE DE BARBE-BLEUE, L'ORPHÉON DE FOUILLY-LES-OIES, CE BON ROI DAGOBERT, *à Marigny;* UN MERLAN FRIT; LE CHEF-D'ŒUVRE EN SAPIN; *puis des vaudevilles :* A LA NUIT CLOSE, DEUX DRÔLES DE CORPS, LA FILLE DU MARI DE MA FEMME, LE TUYAU DU POÊLE, UNE FARCE DE FUMISTE; *citons encore, aux Bouffes :* A CHARENTON! LES LUTTEUSES, L'OURS ET L'AMATEUR DE JARDINS.

Bref, sans parler des collaborations où son nom n'a pas paru, il a bien mis la main à près de deux cents pièces. Il semble qu'un pareil chiffre implique un gain considérable? Point! je livre ce problème à ceux qui, comme lui, ont passé sous les fourches caudines de la nécessité.

Marquet n'était point riche quand la maladie l'emporta prématurément.

Il a laissé pour tout héritage à sa veuve la réputation d'un honnête homme et d'un homme d'esprit.

LES GRANDS JOURS

DU

PETIT LAZARI

Chaque théâtre a son genre spécial, ou du moins ferait bien de l'avoir; mais tous les genres florissaient au Lazari.

Le seul qui n'ait pu y prendre racine est le genre Gymnase. Scribe le savait bien! aussi est-ce pour cela, sans doute, qu'il n'a jamais rien donné au Lazari.

Ainsi, quand le jeune premier débitait trop de douceurs en exprimant sa flamme, le malheureux était sûr d'être « attrapé » immédiatement. Des *hân!* ironiques, des *as-tu fini, gueux-gueux!* protestaient de toutes parts contre les sucreries du style. — Le poulailler s'insurgeait! Et, ma foi, sauf la forme un peu trop pittoresque qu'il donnait à sa désapprobation, on est forcé de reconnaître qu'il n'avait pas tort. Bien que facile à émouvoir, il n'aimait ni les fadeurs, ni la sensiblerie ; et son bon sens, son tact parisien lui indiquaient à merveille la limite précise que l'auteur et l'acteur avaient dépassée. — On voit par là que le spectateur ne subissait ni influence, ni pression étrangère ; en effet, le Lazari partageait avec le théâtre des Italiens le privilége de n'avoir jamais eu de claqueurs.

Ce que ce théâtre a consommé de pièces, — je ne dis pas de nouveautés, — est incalculable.

Il doit s'en être joué là, depuis 1830, quelque chose comme deux mille, — rien que ça !

Ne pas croire que, dans ce nombre, il ne se soit pas glissé des

œuvres estimables, des idées char-
mantes.

Plus d'une pièce sortie de là a
été, une fois débarbouillée, faire
la belle sur des scènes plus élevées.
—Demande-t-on aux jolies femmes
d'où elles viennent ?

J'ai vu, il y a longues années, au
Luxembourg, un vaudeville intitulé : *la Jeune Fille et le Soldat ;* —
au besoin M. Clairville se rappel-
lerait le fait. — Eh bien! ce mince
vaudeville est devenu, dans les
mains de Scribe, ce petit chef-
d'œuvre qu'on appelle *le Chalet.*

Ainsi va le monde.

Un acte rapportait à son auteur
une somme de dix francs.

— Par représentation ?

—Non. Dix francs une fois
payés.

—Diable!

C'était un prix fait comme des
petits pâtés. Et le directeur en

trouvait plus qu'il voulait! et il en refusait!

Je ne parle pas des innocents jeunes gens qui, ayant commis un plus innocent vaudeville, se trouvaient fort heureux d'être joués, et, au besoin, auraient encore donné quelque chose; — mais, à côté de ceux-là qu'on connaît, dirai-je qu'il était certains pauvres diables ne travaillant pas exclusivement pour la gloire? — Il fallait avoir besoin de dix francs pour aller les chercher à ce Mont-de-Piété de l'intelligence! — Enfin, pauvreté n'est pas vice; — il est vrai que c'est bien pis.

Le Lazari seul avait conservé la tradition du crieur.

On le voyait le soir avec son espèce de sac à malice vendre ses billets, et annoncer, sans doute pour les personnes qui ne savent pas lire, la composition du spectacle.

Autrefois le théâtre Saqui et les Funambules avaient aussi leur crieur : — ils étaient trois, trois concurrents qui, la face rougie et la bouche de travers, criaient à pleins poumons :

— Entrez, messieurs! entrez! c'est l'instant! venez voir le grand, l'inimitable, le vrai, le seul Debureau! ça va commencer! ça commence! c'est déjà presque fini!

— Venez voir, messieurs! mais venez donc voir! ce que vous n'avez jamais vu!... Messieurs Potier, Frédérick-Lemaître, Bouffé, Vernet... ne joueront pas dans cette représentation... mais, vous aurez messieurs Ernest, Arthur, Florentin, etc... Venez! entrez, messieurs! entrez les voir! c'est l'instant! ça va commencer... prenez vos billets!!...

— Prrrenez! prrrenez! prrrenez vos billets! M. Sagedieu n'est pas encore habillé! M. Mangelaire va entrer en scène!... M. Dorgebret met son rouge! Entrez! c'est le moment! on commence la grande pièce à huit heures précises, messieurs! huit heures à la belle montre en or de Mme Saqui!!!...

Et tout cela à la fois. — Vous jugez du charivari!

Il y avait deux représentations tous les jours à Lazari.

Trois le dimanche.

Entendons-nous : je veux dire que deux fois et trois fois de suite on jouait le même spectacle.

Et il y avait des gaillards de force à rester là toute la soirée!... Oui, assez gourmands pour avaler coup sur coup, et sans indigestion, deux ou trois fois ce même menu.

Les deux représentations en semaine avaient un aspect et un public tout différents.

La première était réservée aux *pioupious* et aux bonnes d'enfants.

La seconde, aux titis et aux petites ouvrières.

C'est là que le gamin de Paris, cette graine de zouaves, venait, armé du chausson aux pruneaux, ou la joue grossie d'un trognon de pomme, se former l'esprit et le cœur aux leçons d'une saine littérature.

C'est là que trônait, que braillait le jeune apprenti.

On connaît le procédé de ces employés qui laissent leur chapeau sur leur bureau pour dissimuler leur absence : l'apprenti use de la même ficelle. Il place sur l'établi la loque éventrée qui lui sert de casquette, laisse en évidence ses souliers pour faire croire au *singe* qu'il n'est pas loin; et s'en va.

Le patron ne donne pas toujours là-dedans, et l'attend parfois derrière la porte de l'atelier avec une trique; mais, bah! l'amour du théâtre est plus fort que la peur des coups.— Il récidivera toujours.

Un spectacle se composait quelquefois de trois, plus souvent de quatre pièces; ce qui nous donne pour les deux représentations journalières soit six, soit huit actes; et le dimanche neuf actes au moins, douze au plus. — C'est gentil!

Or, le personnel n'était pas nombreux; les sinécures y étaient inconnues, les relâches un mythe, et le repos un mot chinois. Il fallait donc, pour suffire à une si effroyable besogne, que l'artiste se mît non plus en quatre, mais en douze.

Il est vrai que celui qui le même jour jouait dans les douze actes touchait un cachet de cinq francs.

Que diraient, bon Dieu! les

pensionnaires des théâtres actuels, si jamais pareils travaux d'Hercule leur tombaient sur le dos ?

Encore Hercule a-t-il mis toute sa vie à accomplir ses douze travaux !

Les premières représentations avaient généralement lieu le samedi : ce jour-là, surtout, la salle offrait une physionomie exceptionnelle. Une pièce nouvelle au petit Lazari, ou, comme on disait dans ces parages, une première au Lazare, valait certainement la peine d'être vue. — Il y avait spectacle partout, surtout dans la salle. — Bruyant déjà pendant qu'on jouait, le public devenait d'une turbulence délirante durant l'entr'acte; tout le monde criait, chantait, s'appelait.

— Face au parterre! — Et ta sœur? — Cocorico! — Miaou! —

Ma botte d'asperges ! — Il l'embrassera !... l'embrassera pas ! — Taisez donc vos becs ! — A la porte ! — Il fait rien chaud ici, excuse ! — C'est à vous tout ça ?... Oh ! donnez moi-z-en, mamzelle !... — Eh ! blavin !... oh ! hé !...

Et bien d'autres choses encore, autrement colorées ; car je suis anodin dans ma photographie.

Ah ! c'est autrefois surtout qu'il fallait voir ça ! c'était l'arche de Noé en récréation.

Et puis, on mangeait, mangeait beaucoup ; quoi ?... c'est ce qu'on n'a jamais pu savoir.

Les plus cossus allaient dehors prendre des glaces à deux liards, car il y en a, — et à coup sûr elles sont trop chères.

Un beau moment était celui où toutes ces voix demandaient l'auteur :

— Messieurs, la pièce que nous avons eu l'honneur de représenter devant vous est de MM. Charles et Adolphe.

— Bravo!

— Qu'ils n'en fassent plus!!...

Et la foule s'écoulait comme un ruisseau après l'orage.

Je me rappelle un vaudeville intitulé *Monsieur Chapon*, venu, je crois, après 1848, et qui eut un succès de scandale curieux.

Par une bizarrerie assez remarquable, Scribe, qui, à coup sûr, ne l'a jamais connu, a traité, plus tard, à peu près le même sujet au Gymnase, sous le titre d'*Héloïse et Abeilard*. Le titre dit de reste de quoi il pouvait être question.

Heureux privilége du talent qui sait tout dire et tout faire entendre! La pièce du Gymnase eut un succès fou.

Quant à celle du Lazari, elle avait soulevé de tels transports chez ce public du samedi, qui, comme le dit Th. Gautier :

> . . . . n'a pas de gaze
> Ni de feuille de vigne à coller à sa phrase,

que la direction, effrayée, n'osa plus la donner. Elle ne fut jouée qu'une fois.

Fatalité ! elle avait eu trop de succès !

De sorte que l'auteur a pu dire qu'il était payé à dix francs par représentation.

Je reprocherai à la poésie du petit Lazari d'avoir été souvent un peu trop négligée ; témoin ce morceau, où un jeune premier célébrait son triomphe sur un air connu :

> Je me sens tout en feux...
> O doux plaisir extrême !

De la beauté que j'aime
J'en reçois les aveux !

Est-ce assez cuirassier ?

A côté de ce monstre, — monstre est le mot, — on peut citer ces deux couplets, qui sont pleins d'intention :

Jeune femme et vieux général,
Par une adroite politique,
Au moment d'un combat fatal
Savent déployer leur tactique :
Le général dans ses projets
Cherche une victoire complète ;
Et la femme dans ses apprêts
Ne médite qu'une défaite.

L'un de fer arme ses soldats,
L'autre de fleurs pare ses charmes ;
Et pour de différents combats
Ils prennent tous les deux les armes.
Mais si, pour se faire admirer,
Tous les deux déclarent la guerre,
L'une ne veut que réparer
Tout le mal que l'autre veut faire.

Je dois rappeler, sans ordre de dates et tels qu'ils me reviennent, les titres des pièces qui ont obtenu le plus de succès : quelques-unes ont depassé deux cents représentations.

Une Heure à la barrière, — *le Pêcheur napolitain,* — *le Cocher et la Chanteuse,* — *l'Amant statue,* — *l'Amour à la hussarde,* — *les Bosquets de Tivoli,* — *l'État de mon père,* — *l'Amour et l'Uniforme,* — *Basquine et Rigolo,* — *la Femme de l'Ouvrier,* — *les Chiffonniers et les Balayeurs;* — cette dernière, la plus remarquable de toutes, tragédie-burlesque en vers, dans le genre des *Fureurs de l'Amour.*

Comme acteurs, je retrouve aussi les noms de Messieurs Florentin, Ernest Beaucheron, Monnet, Arthur, Clément, Moufflet, Alfred Godin, Achille Bougnol, Gustave, Lacourière, Deshaies, Dussert, Jules

Chaumont, Félicien, Calvin, Blondelet, Grigny, A. Guyon, etc., etc. Mesdames Alphonsine, Sophie, Moutin, etc., etc.

Arthur se faisait remarquer dans le rôle de Mme Desjardins, du *Roman chez la portière*, pièce tirée des scènes populaires d'Henri Monnier.

Acteur intelligent et vif, Florentin, malgré sa petite taille, n'était pas endurant. Je l'ai vu de mes yeux sauter dans la salle par dessus l'orchestre, et flanquer une danse aux blagueurs qui empêchaient le spectacle.

Il lui arriva de monter à un débutant une scie assez drôle.

Par extraordinaire, on avait obtenu de jouer *Rutly ou le Retour en Suisse*. Le débutant devait jouer le rôle du brillant capitaine Senneville; doué d'une assez jolie voix. il comptait exclusivement sur les couplets si connus de :

Heureux habitants
Des beaux vallons de l'Helvétic...

Florentin, qui remplissait le rôle de Rutly, doit, dans la première scène, parler du capitaine. Là, modifiant son rôle, il ajoute : Vous savez bien ce joli capitaine, qui est venu l'année dernière... et qui chantait si bien :

Heureux habitants
Des beaux vallons de l'Helvétie...

Il chante les trois couplets entiers; puis sort et donne le mot à ses camarades.

Celui qui remplace Florentin en scène est le domestique du capitaine. Il cause avec la mère de Rutly, et ajoute : « Eh! oui, je suis le domestique de ce joli capitaine, vous savez, qui chantait si bien :

Heureux habitants
Des beaux vallons de l'Helvétie...

Et il chante aussi les trois couplets entiers.

Étonnement du public. — Survient le père de Rutly. Ce vieux Suisse s'arrange comme les précédents, et trouve moyen de placer :
— Ah! je ne l'ai pas oublié ce joli, joli capitaine qui chantait si bien :

Heureux habitants
Des beaux vallons de l'Helvétie...

Il parvient à terminer les trois couplets malgré les murmures de la salle.

Pendant ce temps on n'avait pas eu de peine à retenir dans sa loge notre jeune débutant, tout entier qu'il était à se composer un teint de lis et de roses, une figure crème et vanille; et il ne se doutait guère de ce qui s'était passé.

Enfin on l'appelle pour son entrée.

Il s'avance frisé comme un petit

Jésus, les sourcils trop noirs, le front trop blanc, les joues trop roses et le menton lilas tendre. Alors, la bouche en cœur et dans la pose gracieuse de Mercure, il entonne avec prétention :

> Heureux habitants
> Des beaux val.....

Mais un hourra formidable l'arrête. Il veut continuer. — Assez ! assez ! — crie-t-on de toutes parts. Il tient bon, veut faire tête à l'orage... Ah ! alors, il est assailli par des projectiles de tout genre, des légumes de toute espèce. La pièce n'alla pas plus loin.

Le pauvre garçon ne sait pas encore pourquoi on l'avait reçu comme ça.

Il ne suffit pas de se noyer, il faut savoir prendre son heure. Au théâtre on ne doit mourir qu'à son temps perdu. Alfred Godin en a su quelque chose.

Il ne jouait, ma foi, pas mal. — Depuis, renonçant à la gloire, il s'est fait souffleur ; je me demande encore pourquoi ?..... Peut-être, comme tant d'autres, fut-il découragé par les commencements si rudes du noble métier des Talma.

Quoi qu'il en soit, le jeune Alfred, — il était jeune alors, — portait sous sa chemisette un cœur tendre, trop tendre, hélas ! — Il fut féru des traits de Cupido, que lui décocha sans le savoir une Colombine du cru. O prodige ! qui le croirait ? il la trouva insensible... Sans doute elle lui préférait un autre Léandre. Bref, exaspéré de cette résistance invraisemblable, Alfred voulut mourir... mais d'une mort tragique ! Et pour rester au niveau de la scène, il se jeta dans le canal.

La nouvelle en arriva au théâtre une demi-heure avant le lever du rideau.

— Ah! le malheureux! s'écria le directeur, le malheureux! mais il joue ce soir!... il ne pouvait pas attendre qu'il y eût relâche!

Rassurez-vous, femmes sensibles. Alfred fut repêché à temps; il joua le soir même, et on ajoute que, touchée d'un si beau feu, Colombine lui permit, après le spectacle, de venir se sécher chez elle.

Ce cri du cœur du papa Frénoy me rappelle un autre mot non moins bien senti du petit père Thiellement, jadis fabricant de macarons et directeur-actionnaire du Luxembourg (prononcez Bobino).

Heuzey, le gras Heuzey, jouait un soir à Bobino (prononcez Luxembourg) dans *les Habitants des Landes*. Une costière malencontreuse accroche ses échasses, et il fait dans l'orchestre des musiciens une chute abominable. Tout autre qu'un gaillard aussi robuste se serait tué raide.

—Grands dieux! exclama le petit père Thiellement, pourvu qu'il n'ait pas cassé la contre-basse!!

(*Nota bene.*—La contre-basse était le seul instrument appartenant à l'administration.)

D'un excellent physique, très-bon musicien, plein d'esprit naturel, bref, doué à tous égards, tel était Clément.

Avec tant de conditions pour réussir, pourquoi n'est-il pas arrivé? — Est-ce sa faute? est-ce celle des directeurs?

Soyons juste : — il y a de l'un et de l'aure.

On lui donnait trop souvent des

rôles au-dessous de son talent. Sa seule vengeance était alors de se composer, à l'intention de quelques amis, un costume et une tête si extraordinaires que toute l'assistance éclatait de rire.

Je l'ai vu, les cheveux descendus sur les sourcils, se couvrir toute la figure de crêpé; de sorte qu'il ressemblait à ces chiens griffons dont on a beaucoup de mal à distinguer les yeux.

Une autre fois, dans un rôle de soldat en casque et en cuirasse, il s'était arrangé de façon qu'à un moment donné, rentrant entièrement la tête dans sa cuirasse comme un escargot dans sa coquille, il restait immobile et ressemblait parfaitement à une armure vide.

Vous jugez de l'effet.

Plus tard ce fut le règne d'A-

chille Bougnol, le roi de la balan-
çoire.

Oh! celui-là, s'il fallait redire
toutes les charges qu'il a faites, il
y aurait de quoi remplir un vo-
lume. Mais les meilleures sont
d'une audace! — Je ne pourrais les
raconter qu'à des sourds, les écrire
que pour des aveugles; — mon
encre noire elle-même, qui n'est
pourtant que de la petite vertu,
serait capable d'en rougir!

C'est lui qui, toujours pressé de
partir après avoir joué, se servait,
pour enlever le rouge ou l'ocre,
des chemisettes blanches, faux-cols
et paires de bas de tout le monde;
et lorsqu'on s'en apercevait, il
était déjà loin. Heureux son voi-
sin de loge quand maître Achille
ne lui avait pas emprunté ses
bottes, laissant à la place des souliers avec lesquels on n'aurait pas
pu le poursuivre. — Le diable était

qu'on ne pouvait pas lui rendre la pareille, attendu son absence complète de garde-robe.

Il ne se gênait pas pour sortir à la ville avec les habits de l'administration, et appelait cela *faire Tékéli.* — L'origine de ce mot, qui est resté dans l'argot de théâtre, vient de ce que l'acteur chargé du rôle de Tékéli, dans le vieux mélodrame de ce nom, allait d'ordinaire se promener avec les bottes jaunes du magasin.

Bon garçon, du reste, insouciant et gai, Achille était surtout beau buveur, vu sa passion effrénée pour le radis noir.

Un jour, un de ses camarades avait fait la conquête d'une jolie fille et en avait obtenu qu'elle viendrait le soir même souper avec lui.

Les amoureux et les conquérants sont vantards et indiscrets. — Celui-ci n'avait pas su cacher sa bonne fortune.

Achille, qui jouait avec lui dans la dernière pièce, espèce de petit mélodrame, le tuait vers les premières scènes en combat singulier, et deux soldats emportaient ordinairement le cadavre. — Cela faisait bien, ce soir-là surtout, l'affaire du cadavre que le bonheur appelait à son rendez-vous.

Mais au moment où les gardes vont enlever le mort : — « Arrêtez, s'écrie Achille d'un ton majestueux, ce cadavre m'appartient; j'entends qu'il reste là, sans sépulture, pour servir d'exemple à mes ennemis! »

Fureur du mort qui s'agite et murmure.

Le mort. — Ah! quelle mauvaise blague! Non, voyons; c'est bête!

Achille. — Tu trouves ? (Au public.) « Ainsi périssent les insensés qui tenteraient de franchir les sept portes rouges de la grotte infer- nale de la vallée des Ombres, pour surprendre le dernier secret d'un maudit! »

Le mort. — Mais, animal, tu sais bien qu'elle m'attend ?

Achille. — Parbleu! (Au public.) « Que les noirs corbeaux, que les hideux vautours, que le ver du sé- pulcre se disputent tes membres épars... »

Le mort. — Mais, fais-moi donc emporter!

Achille.—Zut! (Au public.) « Jus- qu'à ce que la rosée des nuits ait blanchi tes ossements!... »

Le mort. — Tant pis, je file!

Il veut ramper jusqu'à la coulis- se, mais Achille met le pied dessus.

Le mort, écrasé. — Canaille, va!

Achille fit bonne garde, et l'em- pêcha de se relever jusqu'au bais- ser du rideau.

On ignore si la belle avait attendu jusque là.

Lorsqu'Achille quitta le Lazari, il joua au Luxembourg, puis en province. Plus tard il partit au Brésil, tomba malade, et revint il y a quelques années mourir à Marseille.

Divers artistes de mérite sont sortis du petit Lazari. — Les uns ont fait leur chemin en province, les autres à Paris.

Parmi ces derniers, on se souvient d'Auguste Grigny, mort acteur à l'Odéon; de Lacourière, du Palais-Royal, mort aussi et tout jeune encore.

Citons encore Sophie, qu'on a vue ensuite aux Variétés; — Jules Chaumont, au théâtre du Vaudeville; — Deshayes, qui compte tant de succès à la Gaîté; — Alphonsine...

Qui ne connaît Alphonsine ? l'amusante, la gracieuse, la spirituelle Alphonsine ! Eh bien ! elle a fait longtemps... trop longtemps les beaux jours du Lazari.

Ah ! dame ! il fallait la voir lorsque toute jeunette, tout enfiévrée de son art, elle enlevait et ravissait ses humbles spectateurs ; elle en était adorée.

Mais elle aussi, la Déjazet en herbe, aimait sa petite boîte ; et pour l'en faire sortir il a fallu grandement insister.

Rien n'était plus charmant qu'elle, lorsque les yeux baissés, l'air sournois, elle venait, avec une grâce à la fois pudique et provocante, chanter ce semblant de couplet d'une revue des Délassements-Comiques :

Air : *Qu' voulez-vous qu' j'y fasse!*

L' dimanche on n' travaill'ra pas,
Ou n' fera rien l' dimanche...

> J' sais bien c' qu'on n'empêch'ra pas
> De fair' le dimanche.

Je ne sais si c'est parce que je suis vieux moi-même, mais j'ai un faible pour les vieux serviteurs. On ne s'étonnera donc plus si, de préférence, je jase de mes anciennes connaissances.

Mme Chatou, par exemple, si connue des titis, excellente femme qui tenait très-convenablement son emploi de duègne.

Cette brave mère Chatou adorait le poisson. Tous les jours la voix aiguë d'une marchande, perçant les noires spirales de son escalier, lui criait d'en bas, sur une note prolongée :

— Mam' Chatou!...

A l'instant, du palier d'en haut, un bonnet surplombait et répondait :

— De quoi ?

— J'en ai du ben frais.

— Attendez! v'là que j' descends...

J'ignore comment ce détail intime était venu à la connaissance de certain galopin; mais, quelquefois, la voyant entrer en scène en costume de grande dame, les jeunes titis, — cet âge est sans pitié, — lui criaient :

— Mam' Chatou!!... j'en ai du ben frais.

Et René? la colonne, la pierre angulaire de l'édifice, pensez-vous que je l'oublie?... Oh! que non pas!

Joly, dit René, après avoir fait partie du personnel de l'Ambigu, joua quelque temps sur la petite scène de Tivoli; mais les spéculateurs et les architectes ont transformé en tas de pierres les ombrages séculaires de ce jardin, et renversé avec son théâtre les illusions de notre ami René.

Alors, renonçant à l'ambition, méprisant la gloire, il vint s'abattre au petit Lazari. Il y resta pendant plus de vingt ans; il y serait peut-être encore sans le marteau des démolisseurs.

Depuis lors, il vit seul, tout à fait seul, ne connaît pas les querelles du ménage, les criailleries des enfants, les fumées de l'ambition, l'orage des passions, les serpents de l'envie. Il voit passer les autres, emportés dans le rapide torrent du monde; et, calme sur le lac tranquille de sa vie, il hausse les épaules et sourit dans sa sérénité. — Cet homme doit être heureux!

Il avait quelques petites manies bien innocentes. De temps en temps il interpellait le pompier.

— Dites-moi, mon ami, y a-t-il longtemps qu'on ne vous a coupé les cheveux ?... Vous fera-t-on bientôt couper les cheveux dans votre compagnie ?

— Oui, bientôt.

— Ah ! ah ! bon !

Un autre jour : — Dites donc, sapeur, mais je ne me trompe pas, on vous a coupé les cheveux ?

— Oui, hier.

— Diable ! — Je me les ferai couper demain !

René était bon, simple et naïf. Un jour, aux environs de son Bagnolet chéri, se trouvant en appétit, il avise une bicoque pittoresque d'où s'échappait une délicieuse senteur de gibelotte ; il s'installe dehors sous un acacia et se fait servir une portion de lapin qu'il se dispose à dévorer.

Au bout de la table était assis une espèce de vaurien qui fumait silencieusement sa pipe.

— Vous allez manger ça ? dit-il à René.

— Sans doute.

— Ah! ben, vous n'êtes pas dé-
goûté!... voilà une cassine. Je sors
de la cuisine, c'est à faire lever le
cœur, un vrai fumier, quoi!

René, alarmé, dépose sa fourchette :

— En vérité?

— Oh! ils sont ben connus
pour ça! — personne n'ose plus
manger ici.

— Diable! fit René, qui sentait
s'en aller toutes ses bonnes dispo-
sitions.

— J'en sais quelque chose! une
fois j'ai manqué d'en crever.

— Bah!

— C' lapin-là, voyez-vous, j' ga-
gerais qu'il est mort du choléra.

— Oh! alors, si c'est comme ça!
fait René tout déconfit; et il re-
pousse son assiette loin de lui.

— Vous n'en voulez plus?

— Ma foi non!... il n'y a pas de
danger!

— Oh! ben, moi, je le mangerai bien.

Et mon chenapan se précipite sur la portion, qu'il engloutit en un clin-d'œil.

René comprend, mais trop tard, que le drôle s'est joué de lui. Honteux et confus, il paie et va chercher gibelotte ailleurs.

J'ai indiqué la physionomie générale des samedis.

Un de ces fameux jours, notamment, est resté gravé dans ma mémoire, en raison du burlesque incident qui termina la soirée.

On verra, plus loin, quel tour pendable s'avisa de jouer à l'administration un de ses pensionnaires.

Déjà on avait donné deux vaudevilles; le spectacle devait se terminer par une pièce nouvelle. La salle était comble, le public commençait à s'impatienter, à battre la semelle. — Il n'avait pas encore inventé l'air des *Lampions*.

Cependant le rideau ne se levait pas.

Le jeune premier d'alors, le nommé Victor, se faisait attendre. Déjà il avait eu des démêlés avec la direction, et n'aspirait qu'au moment où il pourrait la planter là. Or, précisément, il avait couru toute la journée, en quête d'un autre emploi. On lui avait promis une réponse formelle pour le soir; mais, appelé par ses devoirs, il n'avait pu attendre jusque là, et était revenu ventre à terre au Lazari, laissant à un sien camarade le soin de venir lui apprendre aussitôt le résultat de ses démarches.

Donc Victor était en retard; enfin il arrive, et la pièce nouvelle commence.

Grâce à d'obligeantes communications, et aussi à l'excellente mémoire de quelques vieux camarades, je vais tâcher de la donner *in extenso.*

NOBLESSE OBLIGE

ou

LES TENDRES INCERTITUDES D'UN BON PÈRE

Comédie-vaudeville en un acte

PERSONNAGES

Le marquis de Vilpendu.   RENÉ.

Yseult de Vilpendu, sa fille . . . .   ***.

Le chevalier Oscar de Beaugredin, membre du Jockey-Club . . . .   VICTOR.

De Chamoisy, jeune avocat, filleul du marquis .   ***.

—

Le théâtre représente un carrefour. — A droite, le riche hôtel du marquis. — A gauche, une boutique de marchand.

SCÈNE I".

LE MARQUIS, DE CHAMOISY.

(Au lever du rideau l'orchestre joue comme introduction l'air : *Où peut-on être mieux*, etc. M. de Chamoisy sort de l'hôtel de Vilpendu suivi du marquis.)

Chamoisy. — Ah! mon parrain, traiter comme ça un jeune avocat qui a un panaris!...

Le Marquis. — Comment, drôle! tu viendras chez moi, dans ma propre hôtel, me dire à moi, marquis de Vilpendu, que je me conduis d'une manière dégoûtante!

Chamoisy. — Enfin pourquoi ne voulez-vous plus me donner votre demoiselle?

Le Marquis. — Parce que je trouve pour mon Yseult un meilleur parti.

Chamoisy. — Mais vous me disiez que vous n'aviez qu'une parole.

Le Marquis. — Certainement je n'en ai qu'une; c'est justement pour ça que je la reprends.

Chamoisy. — Oui; parce que vous

êtes coiffé de votre chevalier, de votre M. Oscar de Beaugredin.

Le Marquis. — N'y a pas de doute! un jeune homme bien couvert... tout ce qu'il y a de mieux en confection; et qui vit de ses rentes.

Chamoisy (avec doute). — Oh! oh!

Le Marquis. — N'y a pas de oh! oh!,.. puisqu'il ne fiche rien de la journée.

Chamoisy. — Qu'est-ce que ça prouve? Il y a des gens qui ne travaillent que la nuit; — c'est peut-être un commis de M. Domange.

Le Marquis. — Comment?

Chamoisy. — En tablier de cuir... les grosses voitures... vous savez?

Air de *l'Apothicaire.*

Fidèle au systèm' diviseur,
Oscar en deux parts se partage;
Le jour il fait le grand seigneur
Et la nuit il fait... son ouvrage.
Puis, quand c'est fini, le gueux-gueux
Se bichonne avec élégance;
C'est ce qui lui donne à vos yeux
Une apparenc' fausse... d'aisance.

(A ce couplet bien torché, cris dans la salle : Bis! bis! — Non, non! — Bis! bis! — A bas le couplet! — *Une voix.* — Ah! si on fait ce bruit-là, je m'en vas! — Taisez-vous donc, mille tonnerres! Continue, chose, va, ma vieille.)

Le Marquis. — Tu n'es qu'une mauvaise langue, une javotte; méchant avocat de deux liards... Tiens, va-t'en, car tu m'exaspères, toi et ton panaris.

Chamoisy. — C'est bon, marquis, on s'en va...

Le Marquis.

AIR de *Wallace.*

De ton impertinence,
Oui, je suis furieux,
Ah! sors de ma présence,
Disparais de ces lieux !

(Puis reprise à deux de ce joli ensemble. — Chamoisy sort.)

SCÈNE II.

LE MARQUIS, seul.

J'ai peut-être tort de le rembarrer si raide que ça, parce que dès foi

Oscar n'aurait qu'à me rater. — D'abord et d'une, faut que je me débarrasse de ma fille Yseult, — car je peux dire ça, je suis tout seul, c'est bien la plus fameuse propre à rien...

(Une voix dans la salle : — Oh! oui, par exemple! — Chut! Silence! — Taisez-vous donc. — A la porte!)

Oscar (dans la coulisse); il chante :

Brûlez pour lui les parfums d'Arabie...
Oscar s'avance.....

Le Marquis. — Oh! attention! V'là Oscar... il fume un cigare d'un sou... Excuso! ça n' se refuse rien... décidément, je le crois calé.

SCÈNE III.

LE MARQUIS, OSCAR.

Le Marquis. — Eh! c'est ce cher chevalier!

Oscar. — Marquis! je vous la presse avec estime.

Le Marquis. — Par quel hasard, dans la rue de Varennes? Et quel bon vent vous pousse dans les nobles parages de notre vieux faubourg Saint-Germain ?

Oscar. — Vous le demandez ? Eh ! mon Dieu, l'amour... ce polisson de Cupidon... mais vous ne connaissez plus ça, vous, à votre âge, un invalo...

Le Marquis (prenant du tabac). — Faites excuse ! je sacrifie encore aux grâces...

Oscar (pirouettant) — Pas possible !

Le Marquis. — Mais jamais aux maigres... palsambleu !

Oscar. — Vieux passionné... — Tenez, cher ! je viens du Club... j'ai beaucoup parié... j'ai perdu vingt-cinq louis et deux saladiers de vin sucré. — Vous savez, je fais courir.

Le Marquis. — La jeune noblesse ne saurait avoir de divertissement plus comme il faut.

Oscar. — Tant qu'à ça, c'est vrai... nous autres de l'*Œil-de-Bœuf* !... D'ailleurs, noblesse oblige. Moi je porte de gueules au hanneton d'azur sur fond sablé.

Le Marquis. — Et moi la licorne d'argent sur fond de bois.

Oscar. — Comme les bains à quatre sous. — Mais, comment se porte l'adorable Yseult?

Le Marquis. — Je la crois chez la fruitière.

Oscar. — Ah!

Le Marquis. — Oui, en attendant l'accordeur de matelas, non, le cardeur de piano... elle est allée faire son marché. — Oh! ce sera une femme d'ordre... Et quand je pense qu'un de ces quatre matins il faudra nous séparer... Ah! mon cœur de père saigne comme un bœuf! (Il s'essuie les yeux.)

Oscar. — Ne vous faites pas de bile! elle sera heureuse avec moi, car je l'aime que j'en perds le goût de l'absinthe.

Le Marquis. — C'est à ce point-là?

Oscar. — Foi de gentilhomme. — Prenons-nous un canon?

Le Marquis (hésitant). — Heu... heu...

Oscar. — C'est moi qui paie.

Le Marquis. — Oh! alors.

Oscar. — Passez donc, beau-père.

Le Marquis. — Voilà, chevalier.

Oscar — Appelez-moi votre gendre.

Le Marquis. — Eh bien!... je ne dis pas non.

Oscar. — A la bonne heure.

Le Marquis. — Ah ça, vous savez que vous mangez la soupe avec nous, sans façons. — Mais qu'aperçois-je à l'horizon?... ma fille...

Oscar (le lorgnon dans l'œil). — Oui, vraiment. — Dites-moi, marquis, la belle Yseult ne serait pas de trop... si elle daignait accepter une tournée?

Le Marquis. — Toujours galant!

Oscar. — Quelque chose de doux... du mêlé?

Le Marquis. — Non. Permettez... deux mots à lui dire. Allez toujours, et faites verser.

Oscar. — Ça y est, je vous attends... — J'en suis encore pour mes vingt centimes, je te repincerai, vieux carottier...

Le Marquis. — Vous dites ?

Oscar. — J'entre chez le mane-zingue. (Il sort.)

SCÈNE IV.

LE MARQUIS, YSEULT (portant un cabas et des légumes).

Le Marquis. — Ah! te v'là donc. Eh ben! tu y as mis le temps. Voyons, tiens-toi droite; mouche-toi... tu seras donc toujours sale comme un peigne.

(Toute la salle : Oh!...)

..... Fais attention, le chevalier est là, chez le marchand de vins, qui nous pige. — Ne regarde donc pas, imbécile!

Yseult. — J' m'en fiche encore pas mal. — Vous ne savez pas une drôle d'histoire ?... M. de Chamoisy...

Le Marquis. — Ne m'en parle plus... je l'ai boulé avec perte; tu seras la femme d'Oscar.

Yseult. — Mon père, je connais mes devoirs, j'obéirai; — l'un ou l'autre, ça m'est bien égal.

Le Marquis. — Très-bien!

Yseult. — Pour vous finir... j'ai donc vu chez le marchand de tabac la liste des numéros gagnants de la loterie de Francfort...

Le Marquis. — Eh ben! après ? qu'est-ce que ça fait ?

Yseult. — Ça fait que c'est Cha moisy qui a gagné le gros lot.

Le Marquis. — Par exemple!

Yseult. — Pardi!... le numéro, vous savez bien... le 69 que vous n'avez pas voulu lui acheter dans un moment qu'il voulait s'en défaire...

. *Le Marquis.* — C'est-y Dieu possible!... Diable! c'est grave... c'est grave!

Oscar (à la porte du marchand de vins). — Eh ! beau-père!...

. *Le Marquis* (vexé). — Beau-père... beau-père...

Oscar. — C'est versé... (Saluant Yseult.) Mademoiselle, je suis avec le plus profond respect... (Yseult baisse les yeux et fait une révérence.)

Le Marquis (à part.) — Puisque c'est versé il faut le boire... mais tout à l'heure, toi... (Il menace Oscar du doigt.) Ah! Chamoisy aurait gagné?... Diable!... c'est grave... c'est grave! — (Il suit Oscar chez le marchand de vins.)

SCÈNE V.

YSEULT, seule.

J'ai beau consulter mon pauvre cœur, — Oscar m'indiffère, Chamoisy m'est égal. — (Mettant la main sur son cœur.) Mais qu'ai-je donc là, ô mon Dieu?... rien de rien. — Décidément je n'éprouve qu'une grande envie de filer de la maison paternelle. (Elle chante :)

Air : *Petits oiseaux*, etc.

Naïve enfant, je ne sais pas encore
Quel avenir est promis à mon cœur ;
Mais le bon Dieu, qui sait ce que j'ignore,
Doit me garder une part de bonheur.

Qui me dira pourquoi près de mon père
Un sombre ennui s'empare de mes sens ?
Je n'en sais rien ; et cependant j'espère
Un sort bien doux loin de ses cheveux blancs !

Naïve enfant, etc., etc.

(A la reprise du refrain les titis

accompagnent en chantant : « Pé-
tits-z-oiseaux, etc., » — et l'un d'entre eux jette à la chanteuse un sou
dans du papier. — Rires, cris, scandale, disputes. — Un jeune Crom-
well des loges d'avant-scène, mi-
lord protecteur de la chanteuse,
insulte le ciel en montrant le
poing au paradis qui rit comme un
séjour de bienheureux :

— C'est outrager les artistes !

— As-tu fini ?... — A la porte !

Ici un enfant se met à pleurer.

— Donnez-y donc à téter !

— Asseoyez-vous dessus !

Une grosse voix : — N'y a donc
plus d' Papavoines ?

La jeune première, qui n'a pas
perdu son aplomb, reprend son mo-
nologue :

..... Ah ça ! est-ce que papa va
coucher chez le marchand de vins ?
(Regardant à la cantonade.) Mais
voici M. de Chamoisy... une sombre
tristesse voile son noble visage ; il
me semble, moi, qu'à sa place je se-
rais plus rigolo... quand on a ga-

gné une somme aussi consé-
quente... Au fait, il ignore peut-être
encore...

SCÈNE VI.

YSEULT, CHAMOISY.

Chamoisy. — Je viens du Palais...
cristi ! que mon panaris m'élance !
(Saluant.) Mademoiselle...

Yseult. — Bonjour, monsieur de
Chamoisy... mais, vous paraissez
triste et rêveur ?...

Chamoisy. — Oui, en effet, mademoiselle. (A part.) Si elle croit
qu'un panaris... ça rend de bonne
humeur...

Yseult. — Je m'attendais, au con-
traire, d'après la chose qui vous
arrive... car enfin, un gros lot, ça
ne se trouve pas sous les pieds
d'un cheval.

Chamoisy. — Un gros lot ?... Quel
gros lot ?...

Yseult. — Celui de la loterie
de Francfort... c'est le numéro 69
qui a gagné... le 69, c'est votre
billet...

Chamoisy (se frappant le front). —
Mais, c'est vrai!... grands dieux!...
Ah! ciel! il se pourrait?... j'oublie
mon panaris! (Il saute de joie.)

SCÈNE VII.

LES MÊMES, LE MARQUIS, OSCAR.

Le Marquis. — Le voilà! — Cette
joie?... plus de doutes! — Mon filleul, c'est toi!... (Il court à lui et
l'embrasse.)

Oscar. — Qu'est-ce qu'il lui prend?

Le Marquis (à sa fille). — Va,
Yseult... tu seras bien heureuse...
tu seras madame de Chamoisy. —
Va mettre la table. (Yseult sort.)

Oscar. — Qu'entends-je?... mais
vous m'aviez promis?

Le Marquis. — Des flûtes. (A Chamoisy.) Viens, mon trésor, tu man-
geras la soupe avec nous! — mais
avant, satisfais à ma juste impa-
tience. Ce billet, voyons, ce billet
gagnant... montre-le-moi.

Chamoisy (se fouillant). — Bien
volontiers.

Oscar (s'approchant avec dignité). — Marquis, vous me faites là une cochonnerie qui ternira à jamais votre blason.

Le Marquis (revenant à Chamoisy). — Eh bien! voyons, mon cher gendre?...

Chamoisy. — Ah! malédiction!

Le Marquis. — Quoi?

Chamoisy. — Ma poche est percée...

Le Marquis (alarmé). — Miséricorde!... Cherche donc bien...

Chamoisy. — Rien! plus rien!

Le Marquis. — Eh quoi! ce billet?...

Chamoisy (désolé). — Perdu! Perdu!!!

Le Marquis. — Perdu!... mais ce n'est pas possible...

(Chamoisy cherche dans toutes ses poches.)

Chamoisy (avec un cri de joie). — Attendez! Quelle chance! je le tiens! c'est lui!... le voilà... il était dans ma doublure!

Le Marquis (éperdu se retournant vivement). — Il l'a retrouvé!... Tu l'as retrouvé ?

(Ici l'acteur chargé du rôle d'Oscar est appelé par quelqu'un dans la coulisse et va voir ce qu'on lui veut.)

Ce cher Chamoisy! tu seras l'honneur du barreau. (Il lui serre les mains.)

Chamoisy (criant). — Oh! vous m'écrasez mon panaris !!...

(Ils se font des amitiés muettes.)

(Oscar, ou plutôt Victor, répondant à un camarade dans la coulisse : *« Fameux! ça ne sera pas long, tu vas voir! »* — Revenant en scène et faisant brusquement retourner René chargé du rôle du marquis.)

Ainsi, Marquis, vous ne voulez plus me donner votre fille ?

Le Marquis. — Non !

Oscar. — Une fois, deux fois ?

Le Marquis. — Non !

Oscar. — C'est bien vu, bien entendu ?... Je vous en préviens... je ne reviendrai plus !

Le Marquis. — Non ! non ! mille fois non !!...

Oscar. — Eh ben ! zut ! je m'en vas ! (Il sort rapidement.)

SCÈNE VIII.

LE MARQUIS, CHAMOISY,

(A dater du moment où Victor a été parler à la coulisse, ses deux interlocuteurs ont paru gênés, embarrassés. — Il est évident que Victor a changé ou interverti le texte de la pièce. — Cependant, pensant que ce n'est qu'un trouble passager, les deux autres continuent quand même.)

Le Marquis. — Mais voyons-le donc, ce billet... ce fameux 69 !

Chamoisy (le lui donnant). — Oh ! le voilà !... tenez... prenez... voyez !

Le Marquis. — Ciel ! qu'ai-je vu ?

Chamoisy. — Quoi donc ?

Le Marquis. — Ce n'est pas le 69, — c'est le 96.

Chamoisy. — Grands dieux !!... mais j'ignorais...

Le Marquis. — Ah! vil imposteur!... — Alors, disperse-toi, vat'en!...

Chamoisy. — Allons! cette fois, je suis bien ratissé! (Il sort.)

SCÈNE IX.

LE MARQUIS, seul.

Sacrebleu! que d'épreuves! — O mon Dieu! tu le sais, cependant... je fais ce que je peux pour remplir mon devoir de père... et pour me débarrasser de ma fille adorée.—Oscar doit être justement irrité... vexé comme un dindon!... Bah! il mangera la soupe avec nous, et à table... Car il reviendra... je connais les amoureux,— ils reviennent toujours...

(Ici, Oscar devait rentrer en scène.) René (*à part*). Eh bien! il n'entre pas ?... Qu'est-ce qu'il fiche donc?... (*A voix basse.*) Hé! hé! —

Voyant que personne ne vient, il reprend la scène.)

Oui, je connais les amoureux... ils reviennent toujours...

(Reprise du même jeu : Eh ben ?... Victor ! psitt !—Personne ne vient. — Fabriquant une phrase.)

Je sais ça, moi... Quand j'étais amoureux... dans ma jeunesse... il y a longtemps... je revenais toujours !...

Une voix dans la salle.— Eh ben ! ça ne va donc plus ?...

On siffle.

(Le père René est allé au fond et parle avec chaleur à la coulisse; on l'entend dire : — Qu'est-ce que vous voulez que j'y fasse ?)

On siffle plus fort.

René crie : Au rideau !

La toile baisse. — Tumulte indescriptible, sifflets épouvantables. — La salle menace de s'écrouler.

— La pièce ! le régisseur !...—l'acteur !... Victor ! — La toile ! — la

pièce!... — tas de filous! — La pièce
ou mon argent!!...

Or, voici ce qui était arrivé :

Le camarade chargé par Victor
de lui donner la réponse qu'il at-
tendait, venait de lui rapporter un
engagement signé avec le Luxembourg. C'était pour Victor une excellente occasion de contenter ses
petites rancunes; et, tel qu'il était,
sans finir la pièce, il ne trouva
rien de plus drôle et de mieux à
faire que de filer incognito.

Grand embarras au théâtre! —
Il faut faire une annonce; René
se dévoue.

Le rideau se relève. Le père René
s'avance au milieu du bruit, fait
les trois saluts d'usage; on entend
des chut!... prolongés; — enfin le
calme se rétablit :

« Messieurs, l'artiste chargé du

rôle d'Oscar, M. Victor, vient de partir subitement sans rien dire et de quitter le théâtre. — Vous voyez que cet incident regrettable nous met dans l'impossibilité de finir la pièce...

Toute la salle. — Ah !!!

Une voix robuste. — C'est votre faute !

René (interloqué). — Comment ?

La voix. — Pardi !... fallait lui donner votre fille !

FIN

www.ingramcontent.com/pod-product-compliance
Ingram Content Group UK Ltd.
Pitfield, Milton Keynes, MK11 3LW, UK
UKHW021115140726
13695UKWH00004B/1524